A mi querido sobrino Archer. ¡Llegarás muy lejos!
—Con cariño, tío Eric

A mi mamá, que siempre creyó en mí.
—Kent

First American Spanish Language Edition 2019
Kane Miller, A Division of EDC Publishing

Text copyright © Eric Ode 2014
Illustrations copyright © Kent Culotta 2014
Spanish translation by Ana Galán

First published in English under the title "Busy Trucks on the Go"
in 2014 by Kane Miller Books

Library of Congress Control Number: 2018954535

Manufactured by Regent Publishing Services, Hong Kong
Printed December 2018 in ShenZhen, Guangdong, China

ISBN: 978-1-61067-958-9

1 2 3 4 5 6 7 8 9 1

Camiones en acción

Kane Miller
A DIVISION OF EDC PUBLISHING

Ya tocan el claxon para saludar.
Todos los camiones van a trabajar.
Construirán los puentes y las carreteras.
Llevarán sus cargas grandes y pequeñas.
Van de un lado a otro, de aquí para allá,
muy atareados de ciudad en ciudad.

Hay máquinas grandes y también ruidosas.
Esta excavadora cava muchas cosas.
Levanta la tierra, ¿y dónde la mete?
En ese camión llamado volquete.

Esta hormigonera tiene un gran tambor
que gira y mezcla todo el hormigón.
Cuando está mezclado sale sin parar
por la canaleta que tiene detrás.

Con su inmensa pala empuja las piedras,
las rocas pesadas y también la tierra.
El buldócer ruge y hace su trabajo.
Siempre está dispuesto a echar una mano.

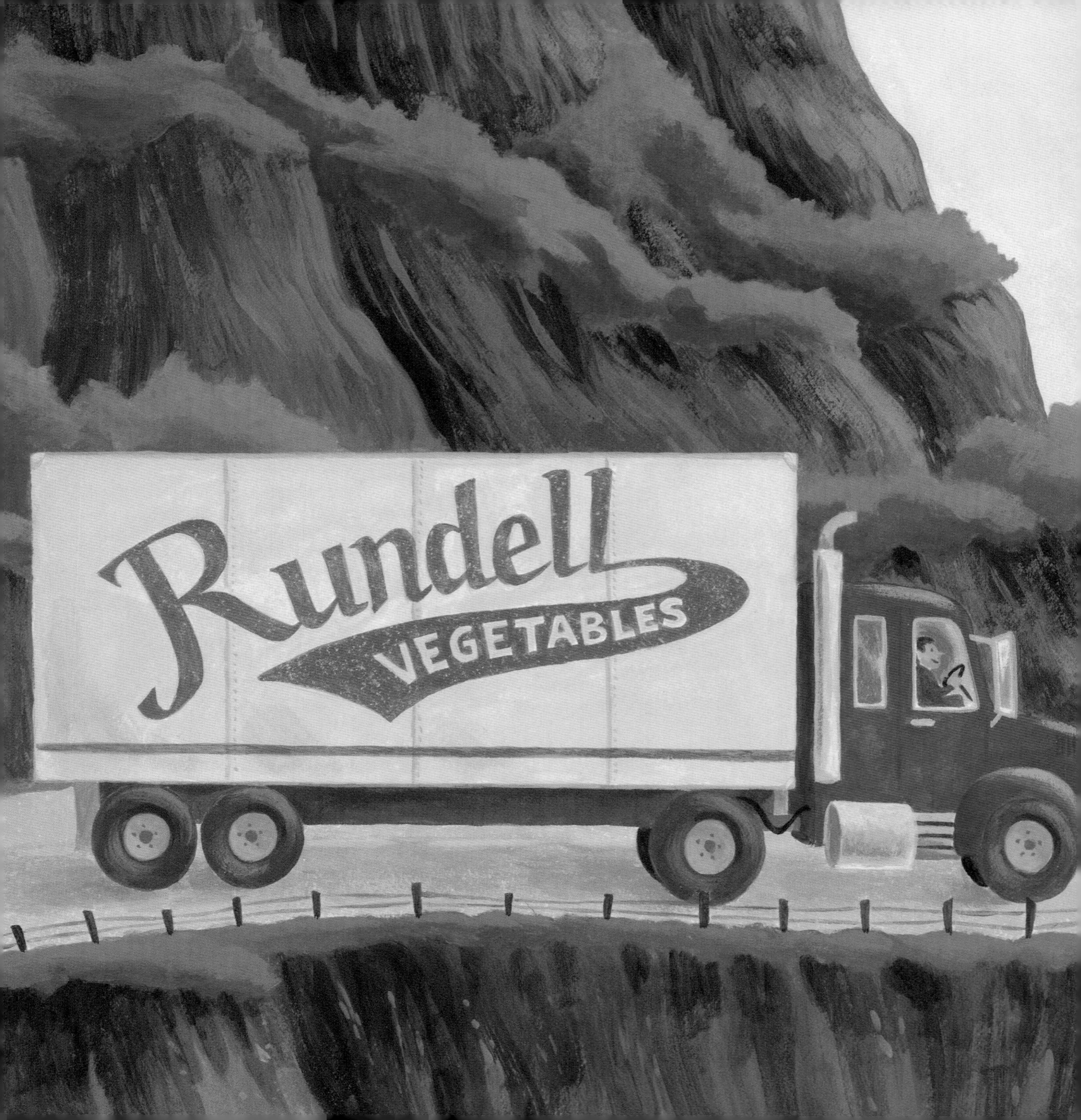
Rundell
VEGETABLES

El camión de carga transporta verduras,
rastrillos, zapatos, libros, muebles y frutas.
Sube la montaña. La vuelve a bajar
y lleva su carga hasta otra ciudad.

Aquí hay un tractor que va por la granja
y arrastra un remolque cargado de paja.
La deja y regresa para arar la tierra
y plantar semillas para la cosecha.

Si se descompone el auto, ¿quién corre en tu ayuda?
Un camión potente que tiene una grúa.
Con un gancho grande lo remolcará
y luego en el taller se reparará.

¡Mira ese camión! ¡Ya el cartero está llegando!
Va de puerta en puerta el correo dejando.

Sube al autobús.
¡Vamos a la escuela!
Lleva a muchos niños
con mucha cautela.

Suena la sirena, déjalos pasar.
Ahí van los bomberos para trabajar.

Cuando hay un incendio, el camión cisterna
saca mucha agua por unas mangueras.
Hay una ambulancia que siempre está cerca
por si hubiera heridos o una emergencia.

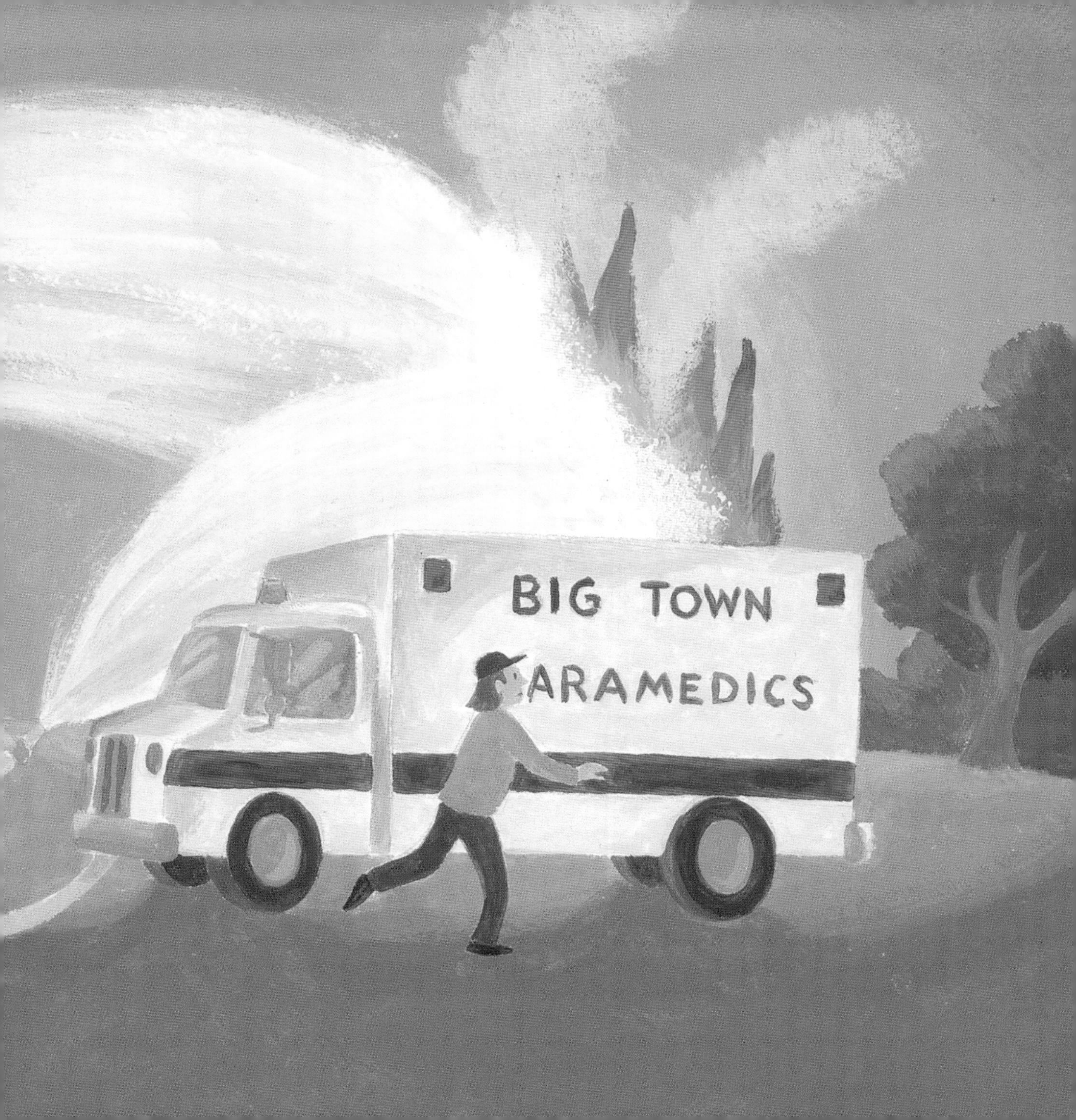
BIG TOWN
ARAMEDICS

¡Los baldes rebosan! ¡Cuántos desperdicios!
El camión de basura los pondrá en su sitio.
Recorre las calles de mi vecindario.
Deja todo limpio y muy ordenado.

Ya llegó el camión para reciclar
botellas, papeles, plásticos y más.
Si los reciclamos, después se convierten
en nuevos productos, algo diferente.

El autobús llega hasta su parada.
Se sube la gente muy atareada.

Este camión blanco tiene unos cepillos.
Barre que te barre, deja todo limpio.
Todo el barro y la suciedad va a quitar.
Siempre llega a tiempo para trabajar.

El día se acaba. Hay que descansar.
Todos los camiones vuelven a su hogar.
Las estrellas brillan. Ya se hizo de noche.
Todos los camiones dicen buenas noches.

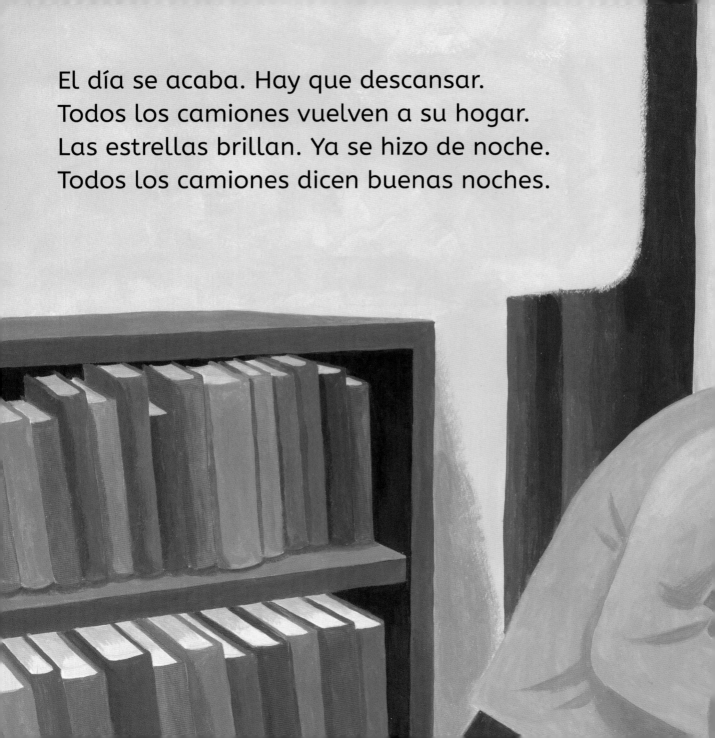